U0131528

远山集

江竺晏 著

台海出版社

图书在版编目（CIP）数据

远山集／江竺晏著．—— 北京：台海出版社，
2022.8
　ISBN 978-7-5168-3362-9

　Ⅰ．①远… Ⅱ．①江… Ⅲ．①散文集－中国－当代
Ⅳ．① I267

中国版本图书馆 CIP 数据核字（2022）第 141448 号

远山集

著　　者：江竺晏

出 版 人：蔡　旭　　　　　　　　　封面设计：树上微出版
责任编辑：王　艳

出版发行：台海出版社
地　　址：北京市东城区景山东街 20 号　邮政编码：100009
电　　话：010-64041652（发行，邮购）
传　　真：010-84045799（总编室）
网　　址：www.taimeng.org.cn/thcbs/default.htm
E - mail：thcbs@126.com

经　　销：全国各地新华书店
印　　刷：湖北金港彩印有限公司
本书如有破损、缺页、装订错误，请与本社联系调换

开　　本：787 毫米 ×1092 毫米　　1/32
字　　数：65 千字　　　　　　　　印　张：4.25
版　　次：2022 年 8 月第 1 版　　　印　次：2022 年 8 月第 1 次印刷
书　　号：ISBN 978-7-5168-3362-9

定　　价：68.00 元

目　录

前言

　　壬寅年之初，在深圳我完成了这本散文集，从《素闲集》、《暮欢集》到《远山集》历时四年有余，这几年的时间看似很短，实则很长。我仔细地翻阅了这三本书，《远山集》中你们可能会读出杂文的味道，不知道算不算一种进步。

　　曾经也觉得少年不惧岁月长，乘一叶扁舟就敢孤身横绝海洋，拾枯枝几段便能烧出春风浩荡。可越往后走，越明白生命能够改变人，总有人以各种各样的理由度过生命中的荒芜。

　　身处黑暗中的时候，火把比温柔有用。照顾好自己的情绪和身体，其他的，交给时间吧。

双边协议，单边妥协

　　每年过年前的时光都不太一样，也许是受到疫情的影响公司格外的忙碌。以往大家都在轻松友好安静祥和的氛围下结束掉一整年的工作，今年朋友圈里红红火火，买年货的妈妈们和不用上学的孩子们，还有夹在中间焦躁的上班族，密密麻麻应接不暇。

　　大部分人要花费很长的时间来和自己的现状对抗，真切地对自己进行"再教育"。只有远离曾经的自己，才有可能真的进入另外一种境界。

　　这种再教育几乎完全地改变了自己，所谓的"高雅"不仅体现在不经意露出的饰品，和克制的肢体语言，还有得体的讲话和为人处事的方式。

努力真的无法带来自己想要的结果的时候，往往是方向出了问题。要么就是被所谓的"认真""努力""勤奋"蒙蔽了双眼。败给那些懒惰、愚蠢、天真、懦弱是理所应当，可若是败给"认真""努力""勤奋"，或许就得承认自己是"认真"地在懒惰、愚蠢、天真、懦弱。

对于自身社会身份的认同让部分人通过"高雅"来炫耀自己，这种炫耀方式受到广泛效仿的时候，越来越多的人不得不努力让自己向他们靠拢。当所有人都觉得自己"高雅"的时候，其实，没有人是高雅的。

没有人可以和生活达成单边的协议，双边的才叫作协议，单边的只能叫作妥协。

妥协未必是一件坏事。那些天马行空的梦想往往伴随着炽热和滚烫，可能让实现它的人折磨得遍体鳞伤，或者砍掉了头颅永垂不朽，或者建功立业客死他乡，是妥协保全了部分人的生活颜面。

拼尽全力仍然无法和生活达成共识之后的妥协，是当这个世界的巨浪汹涌而来之时，发现究竟是什么在退潮之时支撑着我们没有倒下，并最终依靠着这股力量度过余生。害怕在危险来临之际没有什么用，如果阻止不了危险的疯狂席卷，那不如就坦然一些，既然没有什么可以再失去，放下焦虑和害怕也是一种自由。

世界上有一万种苟且、一千种痛苦，而诗和远方只有一种快乐。那些因为妥协而放弃了的、舍弃了的选择，从某种程度上来说后来都变成了天边最亮的星星。因为时刻铭记自己放弃了的那些可能，才会更加清楚现实珍惜所有，不然苟且如何斗得过诗和远方？

说着从不后悔的人，是拒绝相信"如果"和"可能"。失败是一种答案，拒绝也是一种答案，可后悔不是。只有当那些在意、期待、愿望统统在现实面前倒下时，才会有决然转身之后的那一句"算了吧，没有用了"。

真正接受了"如果"的人，明白自由是比安全感更重要的。

终有一日

没有什么能够阻挡缓缓移动的厚重云层和天边的晚霞，你知道寒冬已经走了。大地散发出活力和生机，树木、丛林、稻麻、山石都在阳光下有了温度。这让你想起只为追着晚霞不顾一切的奔跑，听海浪拍打暗石的澎湃激扬，一起看青砖时的光影斑驳摇晃和回忆里冬日黎明前望不尽的黑暗……它们缓缓地从高山上汇聚成小溪，到河流，最终奔腾入海，成为自己世界里面可以掀起惊涛骇浪的力量。

很小心地考虑自己的前进道路，不被虚荣、才华、野心、贪婪、痴迷等习性捆绑，也不随波逐流地做选择，复制那些一模一样的追求和欲望，妄想以"正常"的速度在人群中行走，从来不去思考他们是不是真的有品位和想法。世俗的成就很容易成为人的麻醉剂。

不要以为老去就是年复一年这么简单，没有人可以只因年龄的增长而成熟。生命巨浪中的美和虚妄最能够吸引人，也最能够摧毁人。如若不是从内心深处对与外界和他人有炽热地想要产生连接的渴望，再动听的誓言和再贵重的宝石都是虚假的。

总有一天我们都会走向暮年，并向年轻人真诚地讲述自己是如何把生活赋予的柠檬般的酸楚逐渐搅拌成柠檬汽水一般的酸甜，是如何明白欲望的胃口一旦被满足就只能一直被满足。

情感的最初总是迫切又热情、新鲜又浪漫，可后来的深度联结，是以融化自己为目的，逐渐地从无数个面去试图与另外一方进行融合。不要害怕因为道路崎岖而无法汇聚成一个完整的自己，而要心甘情愿地冒着被辜负的风险把自己交出去，才有可能获得令人意外的惊喜，自由的代价从来不是自由。

如果一个人有充分的理由否定当下做出的选择而不需要一个对等的肯定的原因，并不意味着他不知道自己要什么。

洗剪吹一条龙

最近在非常努力和认真地生活，却也被工作"虐"得很开心，毕竟这是支撑生活的根本。想写这个主题很久了，如今下笔觉得思路清晰了很多，过了一年，也确实是长了一岁。

人生任何的选择，都有代价。自己主观上无法选择的时候，把选择权交出去，大概率得不到自己想要的结果，不论是社会的逼迫，还是家庭压力转嫁的结果，都需要自己来承担。最终一地鸡毛之后，眼泪不会从那些替你做选择的人的眼睛里流出来。

选择是痛苦的，改变是痛苦的，承担也是痛苦的。所谓成年人，未必都是我们看到的那样。

每个人都说不要做巨婴，可绝大部人都不承认即使到了中年，身体里可能仍然有那么一部分没有完全成熟，它不愿成长、改变、为自己负责。

所谓巨婴不单单是指那些情商智力出现问题从而活在关怀备至中的成年人，也包括那些遇到无法处理和无法理解的事情，反应和婴儿几乎一模一样的人，他们会惊恐万分、歇斯底里、仓皇而逃；还包括一遇到无法选择的事情就备受困扰，用伤害自己和伤害他人来减轻压力的人。

被动成长当然也是一种成长，可被动成长选择的余地和痛苦，远远低于那些牢牢把主动权握在自己手上的人。社会婴儿在成年人的世界里只有被宰割的份。

成长的路本就崎岖，会摔得头破血流，可成长的结果就是必然会跨过这些沟壑，最终欣喜地发现格局和眼界的开阔。勇敢地去选择，接受选择带来的结果，不断从结果中总结、学习、归纳、成长。

现实版的升级打怪和充点卡的打怪升级的快感是完全不一样

的，感知强大和满足的程度也有天壤之别。只有那些在生活里面无法独自升级打怪的人才会逃避到虚拟世界里寻找自我和满足。

发自内心地喜欢自己，才有可能真正意识到自己的成长。

生活所赋予的盔甲，是用来战斗而不是逃避的。

恋爱、婚姻和生育可能是不需要按照洗剪吹一条龙的顺序进行的。每一件看起来相关联的事情，是不是可以独立地分割开，需要结合自身的情况进行深入的思考。只要经过细化分类，出现其他选择，人本能地会谨慎起来。

成熟的女性把恋爱当作和另外一个人待在一起开心的不同场景，其目的是在一定的时间内体验不同关系所带来、所认识到的人世间不同的美好，并且在不愿意结束这种场景的前提下举行仪式昭告天下，这才是婚姻。

如果是反过来，纯粹是为了结婚去谈恋爱的，基本上都是看人下菜。急匆匆地要你进入婚姻、快速生孩子的人是不可能站在女性角度来看待生育、婚姻的。

从不同的美好体验的场景走进一种制度，需要全方位地做好准备。如果在走进制度的时候仍然处于体验美好场景的感观中，是对自己的不负责任。最终极有可能是坐在民政局的台阶上号啕大哭，或者在债务中心欲哭无泪。

生育并非因为结婚而产生的必要条件，而是双方决定在生活幸福这个前提下，在制度中多增加一项条款，从而有了生孩子这个"补充协议"。

生育自主权是中华人民共和国赋予女性的权利之一，请各位女同胞谨记在心，绝对的权利也意味着绝对的责任。

多看书多学习，不要书读得不多，想得太多，与君共勉。

顺流而下，水到渠成

有一段时间我不会告别，总期盼着只要不是死亡都不算离别，各种各样的偶遇也都算是久别重逢。可偌大的城市，我们再也没有见过。

有时候碰见一个人，会去想如果我们分别会是一个什么场景，是飞机场的拥抱或者是深夜的最后一次晚安，可大部分的离别都是有预兆的悄无声息、发不出去的信息、喊不出的名字和仓促挂断的电话，最终逼着你习惯。

面对复杂的社会、吊诡的人性，有时候真的不是你不够好或者谁更好，只是你看不清自己的位置而且不自知。

自以为真诚、高贵、纯洁，凡事推心置腹、以情为重的女人们总觉得那些凡是用了心思笼络的都算不上真感情。只有那些一见钟情、如胶似漆的才能够配得上情义二字。可当真遇上那些足够产生精神盈余的情义时，往往又因为自身的贪婪承受不住这样盛大厚重的感情。

只有那些真正充盈自己精神世界并且能够产生盈余的，才有能力和实力不求回报地谈情义二字。否则总想着要交换点什么，总会有平衡被打破的一天。

凭想象来定义价值好坏，并碎碎念着人的看法千差万别，这不一定是看法的偏差，很可能是单纯无知而不自知。

随大流混迹在人群中如果能够给你带来一定程度上的安全感，那是天塌下来高个子的顶着的高枕无忧。

可如果这让你感觉到惴惴不安，是一眼看得到头的绝望，是乌泱泱人群的窒息，是被无形捆绑住的囚徒，那么寻找到自己的安全感就是唯一的办法。

每个人从生下来，都是高山之巅由云雨汇聚成的一股股清流。从高山到溪流，从江河汇入大海，无一例外。

在顺势引流的过程中，找到适合自己的区位进行蓄水非常重要，这决定着最终是否能够利用水流的力量冲出属于自己的沟渠。不论大坝蓄水充足时下方是沼泽还是深渊，是平原还是丛林，多少年前就要奔向海洋的决心在那一刻开始勇往直前势不可挡。

所有世俗意义上的成就，买房、结婚、生子都不应该是蓄水的目的。顺势而为，绝不是为了目标而不断改变自己人生的方向，最终干涸在某一片土壤。

找到可以让自己生命不断充盈的力量，它是奔腾而下时即便遭遇荒漠，也能够支撑你找到最短的沟渠迅速通过并汇进另外一条河流的力量。

高位蓄水时看到的风景，形成的气魄和格局，足以顺流而下，水到渠成。

世俗

　　人生来本就没有相同的命运。没有人苛求一模一样的梦想，诗和远方。

　　所谓的名节、尊严、信仰、忠贞是昂贵的，昂贵到很多人一听到这些词汇，就愿意为之抛头颅洒热血。可这些的存在首先是人们要活着，才能够去捍卫。如果人人都有得选，哪怕只是路边卖蒸糕的小贩，也想抬头仔细看看月亮不去争那六个便士，可不幸的是大多数人觉得自己没得选。

　　从自我意识的缺乏到行动上的改变，这个过程必须战胜我们所有的自卑、怯懦、浮躁、狂妄、懒惰、愚蠢，才能实现。有第一千零一次想要从头再来的勇气还不够，那些成功的获得还取决于当时的境遇、对人性的认知、对结果的坦然、对风险的预控，最后很可能还有一两分四两拨千斤的运气。

所有的确定，是认知上的狭隘；而那些不确定，恰恰是认知上的豁达。

世俗是屈辱，也是勋章。处于屈辱中的人谈屈辱和已经成功了的人谈屈辱，是截然不同的。

多少心酸在成功之后不愿提起。证实自己终于赢得尊严的胜利，是如洪水泄闸一般的气势澎湃，是走上康庄大道的昂首挺胸、气宇轩昂。

很多年后我们谈论起某一个人，也许是因为他已发生了天翻地覆的变化，人们会理解当时的诚惶诚恐和市侩对于当时的他来说算得了什么？只有真正奋力地向上攀爬，才有机会抓住曾经的梦想。

见过最不堪的自己，若这样的人还时刻存在于身侧，就等于时时刻刻提醒自己那些不堪的过去。哪有人可以完全敞开心胸面对太阳，愿意展示出来的哪怕是丑态，虽有些难堪，但不一定是人们心底最忌讳的。

一生中遇到的人，会不断地缩小或者放大你的胃口。那些吃过的亏、犯过的傻，都想要在某一个自己以为能够承受的时间点疯狂地弥补回来。

都说世人偏爱大智若愚，可有些大智若愚也是一种心计？

人间清醒

同一篇文章，在不同的时间看，会有不同的感受。大部分时间都急于处理眼前的事情，但凡有了那么一点时间空隙就恨不得钻进去。疲惫的时候感觉碳酸饮料比咖啡管用多了，似乎有一点明白为什么短暂的快乐那么吸引人，也许是因为看不到长期兴奋的时候，至少稳稳地短暂地快乐过。

总想眨眨眼睛就能够到达春季，可春季却总想要穿着风衣去往秋季。春日的大叶榕落了一地，一时间有一些分不清四季。

环境、时间时时刻刻在大刀阔斧地改造一个人，当自我恢复的时间越来越短的时候，你就已经是另外一个人了。

人之所以能在很多突发情况下压制人的劣根性，并不仅仅是靠控制力。真正起作用的，是环境。人的经历中高品质的时间越多，接触的高质量的人越多，越能压制其劣根性。

　　最近抗压的时间越来越长，从而开始理解那些所谓的成功人士为什么那么看中人性中的柔。这种柔是在经历了狠戾、算计、理性之后平衡出来的整体人的质感，尽管有尔虞我诈、尽管要利弊权衡，良知、情感、智慧这些良性正面的因素依旧可以盖过"你做初一我就要做十五"的欲望。

　　的确，要压下自己的委屈、愤恨和情绪没有一样是容易的，还要表现得风轻云淡。这是对自己的情绪管理有极高的要求，是对现实有清醒的认识，是对于结果有准确的分析的成果。

　　环境的影响远不止主动的影响，还有大量因为环境的波动造成的无法自控的欲望、恐惧、情感的被动影响，这种影响几乎无人可以避免。

　　若是高的期望很难达成，硬生生地降低自己的期望值就是权衡之后需要做出的正确决定。不管现在在吹嘘些什么，不为所谓的"价值观"所惑，保持每一天的状态，即便是在一个糟糕的境地里，也仍然是干净的。

　　最近心有些钝，不得不承认人的体力在某一个时间段内是恒定的。我尽量舒展和逐渐强大，可此刻的强大也就是尽量接受在某一个时间段内无法达成全部目标的遗憾。

深夜航班

从看谁像谁，不知道未来是什么模样，照着别人的样子不断地改变自己，到看谁不像谁，最终谁也不像，才有了独自闯荡江湖的底气。

这个世间的规则千百年来其实没有变过，变的只有人，以及人在适应规则时更迭的某一些观点。

生命中没有可以真正完全拥有的东西，所有花鸟鱼虫、草木人类都会死去，房屋终会重建，山川河流终会历经沧桑，更不用提那些蜉蝣般稍纵即逝的功名利禄、爱恨离别。历史一遍一遍地说求功名的也许不得功名，求自由的往往难得自由。

必须承认在生命的某些阶段，总有一些无法超越的东西。不把自己绕进去照别人既定的套路去走，就已解决了大半的难题。

内在冲动对于自我的折磨，需要极大的智慧来疏导，感受得到痛苦的情感，哪怕再真切，也不见得是好事。

都说忍得了他人之不能忍，才能获得他人之无法获得。忍得了的不见得都是上刀山下火海的切肤之痛或者洪水猛兽般的生离死别，可能是难以拒绝的诱惑或者这个过程中的煎熬、割舍和自我怀疑。而可获得的也不见得都是金银珠宝、王权富贵，也可能是长期抗压之后的崩溃和麻木。

都说时间是人最大的敌人，其实不是，人最大的敌人是时间没了。

那些无法同时存在的过去、现在、未来，在某一个维度内也许可以连成一个整体，然后推导出的一个无论怎样都会出现的结果。人需要不断借助可以借助的所有力量来完成自我的内部重组，从而成全最终的选择。

这个层面仅仅是时间顺序上的理解。

可当时间这个概念消失，没有分钟秒钟和世界时，全部因果串成一个链条，人们要拿什么去相信自己真的能够改变？

但是故步自封并不会带给人想要的"安全感"，反而日复一日怀疑"安全感"可以带给自己什么，是空洞，是变化，是惴惴不安。

一面表现得不争不抢岁月静好，一面鄙视那些为财为权所困扰的人，并对于欲望嗤之以鼻，这何尝不是被另外的欲望紧紧束缚？安逸的环境所滋生出来的惰性，也是一种欲望。

在深夜航班延误了并困在地面两个小时的飞机上敲完这篇文章。右边坐了一个焦躁无比的大叔，不断捶胸顿足地质问空姐为什么不可以换一架飞机；左边的大叔不断翻看美女的照片，然后群发一条微信问吃了没。夹在中间的我根本不担心晚点或者接驳，至于吃饭和美女我也没兴趣，此时此刻的我只要求飞机不断电、空调开足、氧气供应充足，活着就好。

一棵葱的合理主义

有些人从小被当作韭菜来培养而从来没有认真思考过自己到底是萝卜还是青菜，在外界的吆喝声中咕咚咕咚地喝了农药，看到隔壁的韭菜生长周期短都已经被割了好几茬了自己还是没有长高长大，也没有想过自己明明是一棵葱怎么长成韭菜？

本来是一棵葱，但是一辈子拼命地要活成一棵韭菜，既有茁壮成长郁郁葱葱的信念，也有一定要成为一棵韭菜的妄念，不痛苦才怪。

如果周边韭菜大部队不断地在对你进行思想的强压和收编，在摸不清对方想法的时候，能够用愚蠢解释的事情就不要用恶意去揣测，能够用无知打通整件事情的时候，就不要用愚蠢去解释。

一方面是因为愚蠢相较于恶意更容易获得原谅，另一方面是因为无意识的揣测所衍生出来的嫉妒、愤怒、贪念会使得愚蠢对于世界造成的混乱远远大于恶意与欺骗。

每一棵葱的时间，都不断地像钟摆一样在两个极端——成为不了韭菜的痛苦和成了韭菜之后的痛苦——之间被消磨，并一路不知不倦地奔向死亡。

如果一直这样，会严重影响这棵葱对于世界的看法。韭菜虽无太多的善意，也并没有太多的恶意，因为大部分的韭菜一辈子也没有弄清楚自己是不是韭菜就糊里糊涂地被收割了，并且认为作为一棵韭菜并没有什么不妥。韭菜越多越符合被延长收割的利益。他们的目标就是把身边所有的种子都变成韭菜，这是他们唯一知道的目标和生活方式，仅此而已。

没有勇气把自己从地里刨出来看看你是不是真的如人所说是是一棵韭菜，是永远不可能相信自己是一棵葱的。

在一步一步搞清楚自己是哪棵葱以前，永远不要让别人来告诉你你是一棵韭菜，你需要在什么时间点被收割。

如何真正意义上把自己当作一棵葱呢？是能够按照自己的意志做出最适合自己的选择。毕竟对光的需求、对土壤酸碱度的要求、对于水量的要求，每一种蔬菜都是完全不一样的。

不论是因为不满外界的环境而奋起反抗最终改变被收割的命运，还是虽然身处的环境并不称心如意但内心是匹配和接受被收割的，这两种情况其实并无高下之分，都是按照本心选择自己的生活方式和生活态度。

作为一棵葱，理应回报自己对于外界所应有的态度，而不是回应外界所有的期待。

午夜昏黄

生活中经验和收获的多少并不在于一个人对于生活理论和逻辑理解的透彻程度，而在于心智的力量上的高低。

任何纯粹精神的消费都非常昂贵，甚至是需要交换才有的。人际交往中，人的定位决定了交换的时候姿态是否优雅和高级。

所谓人际交往的技巧，往往让人以为是为了让他人感觉更舒适，或者双方关系更融洽，再进一步，将屁股从利他的位置挪回来，也是为了让自己在关系中感觉更舒服，出发点其实依旧是自己。

没有人会比自己更清楚自己要什么。人声鼎沸的时候，是听不见自己说什么的，也不太能分辨得出周围的声音到底是出自哪里。

没有筹码的时候，努力用现有资源去累积，而不是到处抱怨筹码的难以获得。

任何有选择性的时间节点，都有不断变化的对自己有利的一面和对自己不利的一面，这个中间可以达到平衡的点就是，利他的深度。过于悲观的人无法在利己的因素发挥作用的时候感受到博弈带来的快感，过于乐观的人承担不起变数带来的风险。

跋涉过岁月，可以用极简勾勒出拥有无限张力的内容，这就是年纪所带来的反差和不拘一格。一个人的调性，真的可以决定未来的走向。

算不得在世间走了很久，但坚守着不让世俗消耗掉自我的智慧。女性心智的力量更强，因为女性对于喜怒哀乐的表达更为直观，于是对于万物的认知更加直观，悲伤就哭，开心就笑，愤怒就吵闹。

这种力量的强大还在于，你知道你是愤怒的，你知道你是悲伤的，你清楚你此时是贪婪的，因为在短时间内看得清楚，所以并没有采取任何过激的行动，反而可以轻松破局。

不知不觉就到了四月份，又认识了一堆小伙伴，你们不用怀疑，我还在地产公司努力地工作，其他的，只是我和你们沟通的一种方式。千人千面，总有一面你喜欢的吧。

活在时间里

人性的底色并非善恶，而是自私。

善恶只是实现自私的手段和表现而已。如贪婪、麻木、虚荣、占有、求认同和无限的欲望，所有的这些组成了复杂的人性。

即将得到之前和彻底失去之后，是裂变的时期。过于平稳的人，没有裂变的原动力。在不同的时期、不同的阶段，为了能够获得更广阔的平台，需要打碎原有的平衡和支架，对于世界有个全新的认识；需要把曾经对于世界的假设条件全部去掉，让一些新的东西进来。

即将得到之前差了一点的东西和彻底失去之后没有留住的东

西，就是裂变的原动力。我想我有，倒不是说我生来就有，而是某一个时间点开始我知道往前走的可能性比后退大。

人的一生中总要经历几次觉醒，可能是在一片狼藉之中，也许是在多年祥和中。大部分的人是从痛苦磨难中觉醒，是迫不得已，也有从王宫走出来拯救苍生的僧侣。最近总是想起南怀瑾曾说，人就是不断地一次又一次攀登到生和死的那个门槛上，然后义无反顾地一直往生的方向看，才有希望。勇敢的人，也许看不起懦弱的人，但绝对可以理解后者的心情，知道他们在害怕些什么。

我不知道你们裂变的时间和节点，也不确定你们是不是一定会有这样的一种原动力，只要有一天你做好了失去你"拥有"的一切的准备，明白即便是失去了这些，自己和外界依旧还存在一定的连接，自己的行为和决定是有意义的，有没有裂变也就不再重要了。

对于过去和未来的执着和缺乏管理，正在以各种方式偷走我们的时间。那种对于未来虚拟的概念设想，都是对于现实的一种重构，只能通过探究"我是谁""我可以做什么"来实现那些未来和期望。我们无法回到过去，或者真的活在未来，未来和过去都同时存在于现在。如果真的把时间都用于反省过去或者构想未来，那当下永远不存在。

讽刺的是，只有当下是我们在时间里唯一能够到达的地方。时间究竟对我们有什么意义？

很多人觉得我每天有无数的时间，很羡慕我的悠闲，可他们不知道他们所羡慕的悠闲大部分发生在深夜或者他们不曾注意的细碎时间。如果说大部分人很在意财富和金钱的积累，我则非常在意时间并且对于时间节奏的把控近乎苛刻。

你们的确不知道我如何管理时间到这个地步。事实是，我们只能活在时间里，我们从不曾真的拥有时间，又何谈时间的意义？

春末夏初

　　夜晚和白天相互交错得越多，觉得这世间的模样越清晰：午后不知疲倦的虫鸣，破晓黎明的第一丝光线和午夜街头干掉的最后一杯酒。时间和习惯很容易地就地画了一个走不出去的圈，许多人都在白昼的指挥下扮演着紧张、呆板的角色，白昼的魔法让僵死的规则畅行无阻。

　　总会在某一个时间点感觉出身体开始走向衰败的趋势，偷偷向镜子里窥探，试图说服自己那些不可逆的痕迹可以通过时间来抚平——不过是些褶皱，不过是些撕扯，不过是些狰狞，正如心里的划痕坑坑洼洼、深深浅浅、层层叠叠。

没有人在走回头路，可讽刺的是历史总在重演。究竟有多大的爱和多深的恨可以支撑一个人在艰难的境地日复一日地等待希望，现代社会不存在什么滔天的过错和冤情，法律法规已然处理了绝大多数人世间的恩怨，可总还有些夹缝里的贪嗔痴和低洼里的爱憎恨，因为过于细碎，沉淀得过于久远，早就不再是记忆里的样子，于是故人也就只是故人，山河也不再是山河。

春末夏初的时候，阳光坦荡而强烈地直接刺进人的眼睛，周围的爬山虎和紫藤花在篱笆上缠缠绕绕，偶尔配合地摆动留下风掠过的痕迹。这是我很喜欢上海的一点，在那些斑驳光影下的街道边角偶尔可以窥见一些人间不同的样子，有时候是英式推拉窗正好可以反射出路边高大的梧桐，里面是被逼着练小提琴的学童，有时候是半地下昏暗房间的铁栅栏边摆着春意盎然的铃兰，有猫咪在周边来来回回巡视着领土。

远处低矮的喷泉在阳光的照射下金光闪闪，是世间真实喷涌而出的样子，在充满冷气的写字楼里面对着屏幕久了，仿佛很久没有见过白天的这副模样，很久没有听过了除水龙头哗啦啦以外的水声，也很久没有见过自己手臂在水中斑驳的光影。感觉活过来的方式有很多种，这是一种，梦醒时分则是另外一种。

但凡不涉及命脉的东西，通过自我的更新代谢，会不经意地在时间的洗礼下磨损掉，留下的骨骼框架，大多坚硬无比。

人们喜欢"成王败寇"这个词，大多是因为没有几个人真的能成为王，也没有几个人忍受得了做败寇。输赢一旦被时间挟持，就没有定数了。

看起来，人一辈子有好多好多的选择，到处都是分岔口，其实不然。平心而论，很多时候是我们不知道什么选择是最好的吗？不是，是条件组合之后，才发现原来选择少得可怜。

最近相比于去年，见了更多的人，觉得人的多样性有趣得紧。出了一本书、出了一首歌的时候还在犹豫着要不要去做推广，现在看来倒是觉得索然无味。一个人的质感，只有真实地接触到了，才会有感知。你的皮肤、你的眼神、你的姿态，甚至你衣服上洗衣液散发出来的味道都会成为你的一个部分。岁月从不败美人，美人很早就知道了。

晚安，深夜的你。

夏至未至

还是习惯深夜写文，周围安静得一塌糊涂，甚至误以为听得到鱼缸里面鱼呼吸的声音。那些海誓山盟、惊天地泣鬼神、扣人心弦的人生看起来跌宕起伏，其实并不容易。陪伴着人成长的喜悦、恐惧、绝望和悲伤，实际上是随着人活着而活着，死亡而死亡。

都说不要做一个俗气的人，充满铜臭味儿庸俗得紧，可知足常乐的前提不就是满足吗？短短几十年中的爱憎恨已是苦短，奋力背水一战，能够涅槃的凤凰大多是向死而生，每当站在绝地里面的时候需要扪心自问，那些惨烈的过去是不是能够继续影响今天的你？如果是，那今天的你和昨天的你究竟有什么不同？

融不进去的圈子、敲碎了的傲骨、迎合的姿态、压抑的愤怒和低下的头颅，每一项都是在提醒自己，其实人和人真的太相似了。年轻的时候都在谈独特、聊理想，非要鹤立鸡群生怕别人看不到你，可过了某一个时间之后发现人其实很少独特，人性的相似程度之高是曾经难以想象的。

在考验人性的时刻，才会想起曾经坚守的两袖清风没有自己以为的那么无坚不摧，抵挡欲望的时刻才是真实的人性；绝境无法逢生、束手无策、拼死抵抗、坚持到底的时候，才会明确而清晰地认识到妥协是人生的常态。

有时候翻自己曾经写过的东西，一年，两年，三年，四年，每一年的内容、定位、读者的量和对象都完全不同。今年站在国家图书馆里的时候，六七米高成排成列的书架上密密麻麻全是收录的书籍，它们整整齐齐地按照时间、内容排列，安静地年复一年地待在那里，那是没有时间概念的瞬间。

你不知道是谁，在什么样的环境里，在人生的哪一个时间段，决定要用文字记录下他或者她一定要留下来的思想，展示给未曾谋面的人。也许恰恰就是那些跨越百年未曾谋面的人，会把他们的思想传播得更远。

他们在机缘巧合下，跨越性别、跨越种族、跨越时间、跨越地域，被汇聚在这样一个个小格子里，脸贴脸地放在一起。没有人争辩，没有人抱怨，没有人发出任何声音，没有人在乎隔壁是怎样的人、长在怎样的环境下，如同死一般的宁静。只有当人从格子上取出那一本本书，悉心翻开的时候，书才缓缓吐着那个年代的气息活过来。

北方的春和南方截然不同，黑夜与白天交替的瞬间太阳光刺得我睁不开眼睛，春日里的和煦完全体会不到，也没有江南的温润，这座城市气势上的雄伟盖过了很多东西。去合作方的院子里面小坐，很像是郭采洁主演的《喜宝》里喜宝第一次见勖存姿的场景，大片大片的草地，低矮的灌木，带着复杂气息的文物堆满了房间的各个角落……可这里没有郭采洁也没有勖存姿，我对着电脑开完了两个小时的会议。

最近是有一些忙碌，过去的已经过去了，未来还没有到来，我们都只存在于现在，愿一切安好，愿你们也安好。

追一场落幕的夕阳

很久没有在飞机上看一场夕阳，去年追了一整年的夕阳真的成了历史。当你明白你真的再也回不去了的那种生活时，唏嘘不知道是时间跑在了你的前头，还是你抛弃了那一段时间。当我们不断切割这个世界时，也不断被这个世界改变得千疮百孔、满目疮痍。

连轴转带来的超强负荷使人极度渴望到熙熙攘攘的人群中去，去吵吵闹闹的街头，既不想碰精致的西餐，也对于优雅的社交礼仪没有兴趣，只想要人潮涌动带来的热量冲散会议室的冰冷，想要不同人声的尖叫嘈杂来刺激脑子里机械麻木。站在人潮涌动的中央，感觉自己又活过来了。

在机场等起飞的时候抓住了夕阳的尾巴，大地最后一丝光线缓缓消失在一片又一片的云层后面，像是过于疲惫缓缓合上的眼睛。在那一个时间点，我很清楚自己的贪婪，眼睛根本不愿离开飞机的机窗。我眷恋自然的风，想念山里的鸟，无限热爱拍击礁石的海浪，还有远处升起的明月。

　　疲惫到一定程度的人，是没有分别的。丝绸会皱，妆会掉，天黑下去又会亮起来，高跟鞋走得脚生疼，强烈需要食物来填满肚子，饱腹感从某种程度上来说能给人带来一定的安全感。窗外的风景一帧一帧地过，路边的黄叶子哗啦啦地落下来，一时分不清楚这是春季还是秋季，我是在南方还是在北方。白日里的梦过于不真实，阳光刺得眼睛生疼，我梦见我在飞机上快速坠落。睡了一觉醒来，发现我还在飞机上没有落地。

　　小王子说，他曾在一颗遥远的星球上看了四十四次日落，去年的我不止看了四十四次落日，在不同的地方。可这种美好像是积攒了很久的幸运币一下子全部花光，自己变成了一个非常贫穷和焦虑的人，努力地让自己更加珍惜每一天里的自由时间，可越是想要拼命地挤出来，那些时间却越不自由。我知道我没有回头路可走，没有人有。

衰老、失去、离别、挫折、生死、不安，在这些点上，人生而平等，有些人早些经历，有些人晚一些感受。越是逼迫自己去直面这些，中间的煎熬时间就越短，退无可退、避无可避的时候，容不得思考接受不了怎么办。六岁的你接受不了圣诞老人是假的，可你不会一直停留在六岁；二十岁的你接受不了恋人的背叛，可你也不会一直停留在二十岁；三十岁的你也许接受不了麻木的人生，可也没有人会一直停留在三十岁。

从一而终、白头偕老是福，不同阶段有不同的人陪也是福，细水长流是福，阶段性的轰轰烈烈也是福，有的人一生都在豪宅中颠沛流离，有的人虽居无定所但内心安宁随遇而安。其实从来不是荔枝有多甜，海里翻涌的浪多有力量，也不是手里的那杯奶茶够暖，更不是新买的那条裙子有多好看，而是你心中无挂碍地经历这些事情时，碰巧奶茶是暖的，山里的空气是清新的，而远方的你是在的。

霞光万丈

　　昨天晚上吃火锅和小可爱聊天，总是想努力回忆自己当初的模样。依稀地记得总有人苦口婆心地说你总会想起我说的这句话，你不听我的肯定会后悔的。可血液中的躁动没那么容易控制，那时尚未看过更广阔的世界，只相信眼睛看到即所得，也不懂得最高的山峰和最低的海沟并不在任何一个国家，而是在人心里。

　　道理没有人不懂，人人都知道吃糖会坏牙齿，可糖实在是甜，管它是砒霜还是蜜糖。

　　真心的大小，和遇见的人的匹配度有关，完全根据人的需求而定。白雪公主的真心换到了白马王子的真心，而一个普通士兵的真心不见得能够换得到公主的真心。问题不是出在真心或者诚意，而是出在从小养成的格局、后天见过的世面还有其他的不对等。

忽略需求对等和匹配度的差异，盲目地以为真心大过一切，且能得到一切。一旦未得偿所愿，直接否定真心的作用，并将责任归咎于"拜金"二字。这种狭隘和偏激可以直接划归到幼稚的范畴。

当今社会过分地强调所谓的真心、诚意，却忽略了这些真心和诚意的载体。人本身可以承载的内容很多，在复杂欲望的土壤里滋养出来的除了实实在在的美好和真心实意，也有可能开出黑暗的花朵。

真心的好处和分量不应该被载体本体而拖了后腿，导致真心被误解、被消费、被玩弄、被唾弃。

每个人都想要突破自己的天花板，再不济也想要够着自己的天花板，这是需求和匹配动态上暂时的平衡。一旦出现缺口，想要被满足的欲望会导致对于事物的反复权衡。在欲望和欲望之间，在私心和私心之中，所有人都会偏向于自己的私心。

最近很是疲惫，经常是等消息时握着手机就睡着了。

间隙

　　最高级的捕猎，是猎人离开之后，猎物在草原奔腾时仍旧怀念被追捕的自己。羁绊当然可能在两个完全对立的位置产生。被辜负、被利用、被盘剥算不得什么新鲜事，能够被40%的真心对待，意味着对方已经克制了60%的私心。是否要为了对方隐藏起来的那60%怀恨在心，不给彼此任何喘息的余地？明白双方的边界无法重叠，但又舍不得自己那点私心，于是只好成全对方的那点私心。

　　走一步算一步，既保全了双方的颜面，也适当地留了一些退路。成年人更多的权衡标准不是"是非"，而是"恰当"，可始终觉得少了点勇气。

"觊觎"这个词，和羡慕不同，它不属于窥探，更算不上嫉妒，是大量复杂潜藏在暗处的伺机而动，是水面下露出一只眼睛的小心谋划盘算。在尚没有能力保护好自己的时候，每一个美好的凸显都很容易成为被觊觎的对象。

捍卫真心、美好、善良的代价，在没有清楚的认识之前它们并没有什么实际的价值。多洗几次手、少吃一点肉、多骑几次车并不能够震撼你，也不足矣彻底改变你对这个世界的认知。可终有一天，可能是爬得太高，可能是跌得过重，也可能是最后一息尚存、苟延残喘的时刻，那些人性中曾经看起来并不起眼的品质，却起到了四两拨千斤的作用。

在复杂的战场上厮杀掠夺，最终活得面目全非，究竟是你先选择了深渊还是深渊先选择了你？

若财富真的是你必须要牢牢握在手里的，但你又确实没钱，可能是你对财富的私心远不如对于懒惰的偏爱。当清高凌驾不了现实时，大部分人依旧会为了家里的老小、为了柴米油盐而投入现实的怀抱。当眷恋无法凌驾于勇气之上时，大部分人宁愿小心安静地站在远处默默关心，也张不开口告诉对方不要走。

和自己决斗的时候，再挣扎、再权衡、再盘算都要用自己的方式，在一块最开始认识自己的地方。这可以极大程度地保证人在触碰到自己底线和边界时不失控。

人最终都会变，生命中的每一个位置、每一个时间点都是不可退回的里程碑。

安全感的延续是自己给的，根本不需要外人来告诉你，你究竟是谁。

我往南飞，你向西落

在飞机上从空中往下看，一片气势磅礴的云海从远处翻涌而来，上空突然漏出的一束光照在云层空隙处的时候，心底深处忆起很多年前只要写完论文就可以跑到地中海看海的日子，忽然就忘了自己是在天上还是在地下。

尽量多地看不同的海，感受不一样的浪，承受不一样的冷空气，遇见下一个美好的人，不是为了手机里存多少张照片，与人交换多少的见闻或者买多少价值连城的纪念品，好让日后有谈资，而是真实地去体验、去感受、去充实自己。

被无形的手扼住喉咙苟延残喘的时候，每一场人生中的美好都能够支持自己活下去，那是见识过世间美好产生的影响。

对于快乐，大部分人做不到一视同仁。

可快乐本就是短暂而虚无缥缈的，哪有什么天长地久、天荒地老。工作到深夜时一瓶可乐带来的快乐和挑选心仪礼物时的快感没有什么太大区别。

欲望的大小、感受的多少和自己的胃口直接挂钩，可胃口只和手里拥有的有关。自我贫瘠的人，要得很少，一场电影、一枝玫瑰、一份工作、一场婚姻、一抔黄土。恰恰是自我丰富的人，要的东西才多，要自我、要细节、要感受、要自由。

都说真心昂贵，却从来不提真心昂贵的基础是什么，聪明人靠看世界来弥补认知的不足，愚钝的人只能靠倒霉。

真心付出去了，就没有了吗？自己的真心没有人拿得走，就如同欲望是你自己的，沉迷其中的时候没有人叫得醒。

那些受大部分人喜欢的、认可的、向往的、需要的、欣赏的、敬畏的、迷恋的东西，其本身并没有错。关键在于每个人对待同一事物的看法也会不同，不必强迫别人接受自己的逻辑，更不要把自己的观念强加给他人。

微尘

这几天的雨大得很，办公室里的空气干燥而冰冷，打印机没有感情地吐着纸，空调吹出无声的冷气，会场上每个人的脸上看不出喜怒哀乐，坚强成了必须要做的事情。

人们真的在意每天是否可以优雅地喝一杯咖啡，抽过几根香烟，刷过几个短视频吗？

不是。是买咖啡时在室外透气的时间十分宝贵，是抽烟绕弯的时间弥足珍贵，而深夜刷短视频是一天里唯一属于自己的空隙。

每一个人的进阶都是缓慢而困难的，是在摸清楚了现实的条件下，经过精心的准备和风险评估，才进行谨慎的尝试。

1990 年，旅行者 1 号探测器在距离地球 60 亿公里的地方，拍摄了一张地球的照片，地球只是照片里的一个"暗淡蓝点"。

不知道是否曾有人想过，我们的星球只是被漆黑包裹的宇宙中的一粒微尘，站在亿万光年外去看地球的一点微光，每一个你爱的人、爱你的人、相识的人、擦肩而过的人和已经死亡的人，都住在这粒微尘上，以各自的途径过完了一生。

这是人类所有的喜怒哀乐、贪嗔痴怨，宗教也好、信仰也罢，每一个文明的兴衰成败，每一个国家的荣辱存亡，高僧和流氓，都如同这一粒微尘，所有的自以为是，在同类、在自然，甚至在宇宙中的优越感都统统被这一粒微尘在太阳系中反射的光亮所吞没。

可是啊，今夜抬头，我看不见任何一颗星，黑幕笼罩了大地。

同类

天桥下面车水马龙，对面耸立的高楼大厦远远望过去一片霓虹，擦肩而过的人们把自己小心地藏在口罩的后面，地铁上沙丁鱼一般拥挤的人潮里手机屏幕后面的面孔……即使他们是一个个活生生有血有肉的人，可我分辨不出同类的气息。人声鼎沸、声音嘈杂的时候可能会忘记：这些人是我的手足，这些人是我的同类。

我清楚他们的血管里面和我流淌着同一种血液，我们有着相同的祖先，可我不认得他们、不了解他们。我明白就是这样的同类，没有人避免得了生老病死，一代又一代循环往复生生不息。

世人的悲喜本不相通，歇斯底里的挣扎和炭火上被炙烤者的悲呼在旁人眼里不可能感同身受。终其一生，能真正意识到我们活在有足够数量的同类当中，真的是一件幸运的事情。

其他物种没有这种幸运。

大部分人不到一个足够荒凉、足够空旷、足够安静的地方，是意识不到人类在天地之间的渺小的，是无法理解生物在宇宙中的微不足道的，是没有办法认同每天在有充足数量的同类包围中生活的安全感远超过人类内心无法和外界交流的孤独感。

几十万年前的满天星辰早已跟随着宇宙的膨胀离我们越来越远，现在看到的每一束星光都不是最初的模样，每一颗星星都会熄灭，人类在浩瀚古老的宇宙中何其孤独。

同一个家乡、同一个种族的认同感，同一个性别的惺惺相惜，可以被大部分人敏感地捕捉到，可唯独对于同种生物本身，很难有深入全面的理解。我们当然知道，砍掉手脚是疼的，可没有砍在自己身上就感觉不到疼痛。

无法确定未来人类还能往前走多久，可只有辨别出我们的同类，那些人性中被理解的部分，才能更多。如高风亮节、厚德载物，如人心不古、世态炎凉。

真实而全面地理解人，要从辨别和认同开始。就如同在生活中被否定、冷漠、唾弃之后，个人的行为会不会脱离整体的风度、姿态，取决于是否见过天地之伟大、人性之黑暗，明白情有长短时，理解贪嗔痴为何物、爱憎恨为何样。

七月的雨

七月的深圳总是下雨，轰隆隆的一阵雷声过后，劈天盖地的雨点让人猝不及防，五分钟后的天空又仿佛什么都不曾发生过一般，雨过天晴风和日丽，只有湿漉漉的地面和路人手里的雨伞证明刚刚阵雨真的有来过。

每个人都是在不停地向前狂奔，在这个过程中或多或少、或主动或被动地接受了很多，从而带来或喜悦或沮丧、或正面或负面的能量，如果欣喜可以帮你展望未来提升自信心，那么遭受到的打击和重创也同样会让你一蹶不振。

自我平衡，需要那些复杂的情绪相互撕扯、制约，最终达到一个平衡点。满足、愤怒、骄傲、悲伤、恐惧、喜悦在身体内决斗，这本身就是一个良性的循环。

成熟是承认自己曾经对于外界认知的浅薄，能够拥有心平气和的姿态，既不会因为自己某一个方面的缺失就任由情绪泛滥，也不会因为自己获得了某一些成绩就任性、霸道、为所欲为。

我很小的时候觉得只要年龄够小就是年轻，八岁肯定比十八岁嫩，十八岁肯定比三十岁年轻。可现在的我觉得，年轻也是有门槛的，是从自己与社会、与工作、与金钱、与家庭搏斗和平衡开始的，是从一只脚伸到社会这个水池里面试探深浅的开始，在这之前算不得年轻。

社会上的摸爬滚打，有时候势必要做一些权衡与取舍，可那都是阶段性的。依靠自己取得的胜利和承受的苦楚，是看得到尽头和希望的；完全依靠他人，是看不到尽头的茫茫无期和忐忑不安。

成年之后遭遇的挫折颓败，需要父母耐心冷静地出谋划策、共同解决，而不是心疼孩子的同时规劝他们算了吧回来吧何必呢，外面这么辛苦。同样都是关爱，不同的态度势必会让孩子长成不同的大树。

而成年后遇到的困难大体上都类似，固定的工资、看不到上升空间的职位、需要结婚的恋人、高昂的房价和远方的父母，任何一个变量都足以摧垮一个年轻人，动摇他继续奋斗的决心，更别提它们一般都是以组合拳的方式出现在生活中。

　　经历过热血梦想与现实碰撞的成人世界的重建，才是所谓的人生的开始。这是一条望不到尽头的羊肠小路，路两边杂草丛生、荆棘满布，可只有自己走出去，才知道路的那一头有什么。

遗憾

　　清晨熙熙攘攘的车辆在路上行驶，车顶上倒映出斑驳的树叶。来不及看向天空，不知道是不是有飞机掉进云朵，或者飞鸟去了远方。说是静谧，可我分明听到匆匆而过时人们心里的呐喊喧嚣异常。

　　当年巴斯去往巨石阵的那条小道上，双层的老爷巴士摇摇晃晃，蓝色的坐垫、黄色的车把手、无敌的风景，同样是夏天，时间就是无法暂停。我极少提及的过往的山和海、夏日烈烈的缱绻、电话那头的沉默，都随着远方的海浪层层叠叠漾开去。

　　大片大片的树丛如拱桥一般，我不在意那些古老的石头有什么历史，我喜欢那些绿色的藤蔓，在树上缠了一圈又一圈，也不在意风有没有徐徐吹来扰乱我的头发，人声鼎沸的热闹里隔着数不清的山盟海誓、日月星辰，五光十色、人来人往的街头不适合偶遇。

过于拼命努力地往前冲的时候，要小心被远方的机会吞没。

不是没有做过的事情，都能称之为遗憾。

没有人会遗憾自己没有被继续欺骗和敷衍，止损是种善终。

这个时代，足够好看、足够吸引眼球的事情很多，可随着时间流逝，那些没有强大内核的会被后世定义为浅薄和肤浅。

大部分的人不知道自己在做什么，吃好一日三餐、安稳睡去就算是人生圆满吗？果真如此，那你不必有任何羡慕、嫉妒、怨恨，也不该因被定义为闲杂人等而愤愤不平，更不用争辩那些根本不重要的你觉得、你认为。

坚持自己的底线，力争上游。对于世俗，该发声就发声，该行动就行动，希望大家都学会豁达地反击。

人间朝暮，叶落惊秋

一年过去了大半，还没到做年终总结的时候，可自立秋起，我已经开始想念秋风萧瑟时裹紧自己的风衣和冬日暖炉边玻璃杯里的清酒。

我不赞成在没有一定能力的时候去做一些大的人生选择，饥不择食时不会在意姿态的优雅。

一个心里面装了东西的人，任何情绪都不足以改变他生长的路径。

只有当力量和实力逐渐充沛的时候，人才会重新审视自己周边的一切，寻找可以走到下一步的台阶。

上半年数着一周一周一天一天过日子，累到精疲力竭，但仍要看起来风轻云淡。每一个月都会在某一个特定的时间点和老板笃定地说：这样的日子最多我再撑一个月。六个月我说了六次，半年就这么过去了，我也不再提这件事情了。毕竟这半年迫使自己拼命地成长了之后，身体已经可以承受这样的强度。

在当今社会，女性开始让那些本就在血液中和男性一样的果断、魄力、潜力不断地表现出来，哪怕是头破血流，也比曾经裹着臭脚布在房间怨天尤人要好得多。这是真实的觉醒。

没什么依靠，对于一个奋力想多汲取到一点阳光的人来说，不算是一件让人难过的事情。毕竟不愿意围于方寸之间的人，在高压下可以打碎一些筋骨，实现数倍的增长。

你说你最近换了发展方向，我说窗外飘过好大一朵云；你说你终于有可能要实现初衷，我说最近忙到连健身都成了一项娱乐活动；你说你搬家了有了新的写字台，我在考虑下午的文案是不是材料齐全……这种莫名的对话方式就像没有中断过一样，持续了一个中午，然后谈话戛然而止。

往日的秋

　　很多年前爱丁堡的秋，一片金黄。大街宁静到发不出一丝声响，郊野一层又一层地被落寞覆盖，空中飘落的叶子任由过往的公交车掀起，小心地飞向长满青苔的栅栏。

　　丁字路口走到头，看见一排没落了的房子，也许是长久没有住人，或者是房主太懒，院子里的灌木茂密繁盛，巨大的木质门厅落满了尘埃。忽然就想起来安徒生童话，那些长满荆棘树丛的场景中，有一个沉睡百年的公主。远远看过去，像是一大片树林中间长出了高高矮矮、分不清年代的石头房子。

　　风吹得紧，公交车站前面步履蹒跚的老妪和随手将烟头扔向远方的少年郎，这一幅看起来萧瑟的场景却让人感觉到安静。太阳的余晖消失得特别快。

越是安静的时候，越是能听见自己的呼吸声，在空旷的田野里被风裹住，送去了很远很远的地方。山坡下的墓地里，一排又一排早已看不清名字的碑竖在那里，有的碑前面有一束束的白色雏菊，从高处看下去，雏菊就像是从石碑的一端长出来一样，安详地躺在地下，飞鸟呼的一声划过头顶，一时间分不清身处哪个年代。

阳光恰好落在我的前方，湖边巨大的水杉哗啦啦地落下叶子，湖里有一排排的天鹅带着它们的孩子来来回回。更远处红红黄黄的森林叠了一层又一层，空气一到午后就冷得非常快，最喜暖气十足的屋子内无限循环的 A 小调圆舞曲，抱紧一盒黄油小饼干静静聆听。

到了冬季就落了雪，看到山头白雪皑皑，曾幻想着有一个从未被发现的冰雪王国隐藏其中。凌晨三点的街面，因到了圣诞节前期有很多人在加班加点地挂彩灯。

夏季山头的极光色彩斑斓，是夏日里远眺随时可以看见的景象。街头十镑随便挑的花车，怎么看都是醉酒的好时机。恋爱中的人们三三两两地牵着手，举着酒瓶在道路的两旁走了一遍又一遍，街边不时冒出来的各种美食的香气弥漫在夏日的街头，浪漫至极。

我在图书馆的落地窗前看松鼠一只又一只跑过，兔子跳过来跳过去，好像只有自己是被关在动物园任它们参观的哺乳动物。

每年到了秋季就会回想起那个萧瑟但安静的场景，反反复复走了很多遍的石头路，一推门就有铃铛响起的店铺……都和现在居住的城市不一样。

这个城市多半和自己没有太多的关系。总有那么一群人在生命长河里抓住了些什么，短暂地走上人生巅峰。这群人像是没有根的孩子，在别人的回忆里吵闹不休。

我开始羡慕那些天文学家，在浩瀚的空间和时间里，人类的这一点烦恼和情绪算得了什么。

总想写一个有关秋天的特辑，待到冬日，我将举杯，敬我年轻时的冲撞、孤勇、秉直的脾气和我看见你时久别重逢的欣喜。

深夜碎碎念

此篇没有什么深刻的大道理，算是生活缝隙中的一点尘埃。

有些人会以看过的书的厚度和数量来衡量你的"学识"。我一年当中集中看书的月份是过年前后的那一段时间和秋季的后半段，其他时间都是在消耗"余粮"，但这并不妨碍我当一个积极向上的大好青年。过于饱和会让脑子紊乱，能想明白几件事情算几件事情。

刚出校园那会儿，被同龄人青睐是一件挺开心的事情，随着年纪的增长，现在受到同龄人的青睐，我清楚一部分是因为心性，一部分是因为在我身上能照出其本身。

这一年似乎都在为某一个阶段做准备、打基础，我不知道那是一个什么样的阶段，这种拆盲盒的心态难免焦躁，偶尔翻书，里面说不要丧失必要的资源去换取核心支持者的忠诚，想了想觉得意味深长但又不是很明白。

这是一本纯粹用晦涩的语言描述政治的书，不夸张地说，当初买它是因为其号称可以将身边的每一个领导和同事编号成某一类大猩猩……但是看完之后，我竟忘记大猩猩了。

每一个截止日期都是一块垫脚石，踏踏实实地踩着每一个日期往前走的时候，人会自动地往上看，脚下的浮尘会随着时间自然掉落。躬身走入黑暗的人，只会堕落成为黑暗本身，证明自己并不是黑暗的唯一办法，就是穿越黑暗，到太阳底下去。

最近又换了一种正儿八经的练字方式，并死乞白赖地拜了个练字的老师，每日都有更新但是实在无法达到自己满意的样子，好在老师耐心极好。我也想好了，万一真的练不出来，就当我对字帖多点了解，知道人老是和什么过不去。

九月人间

一场大雨，季节就换了冷暖，心事还在盛夏的夜里辗转，眼前已然是一派初秋的清寒。

心智上的浅薄，大部分情况是因为吃的亏还不够多。权利和权力本不一样。

明确地知道自己想要什么并且勇往直前的人，活得比其他人都简单。

而看谁都复杂的人，多数属于以偏概全，俗得不够彻底，又洒脱得不够干净。去掉多余的情绪，专注扎实地把需要的握在手里，不要闲得没事去挑逗自己敏感的神经。

引用一段《君主论》第十五章中的话："sendo I'intento mio scrivere cosa utile a chi la intende..."意思是：我写作的目的，是写一些对关注和理解它的人来说有用的东西……

雨后的天空总是格外干净，这个秋天也分外凉爽，希望夏天的遗憾，都是秋天的惊喜。

秋天不止适合思念，更适合见面

大部分人在解决了温饱问题之后，仍然奋力地想向上走，仍然没有止步不前，多半是源于对于自己和现状不满意。如果说温饱阶段的人，原动力是为了有屋可栖身，有餐可饱腹，那么上游的人，其动力就是为了提升其某一个方面。

"算计"是术，所有的术都要依靠"道"才能走得长远。看清楚你的本心，看不清楚的时候要承认自己暂时的愚蠢。

当一个女人仅仅把自己当作一个女人时，是没有办法把握住时代馈赠的所有礼物的。

我们从小被鼓励去完善体形、面容，需要谦逊、温婉，这并没有错。除了这些以外，所有人的心里都应该有女性的柔软、慈悲、隐忍和男性的坚强、厚重、勇气。

若把自己砍掉一半，只做一个女人的时候，无形之中就容易导致该努力进阶的时候，放不下身段，丢不掉面子，抹不去清高。

现代女性已经有了自主意识，想拥有和男性在职场和社会上厮杀的同等权利，和实力，努力创造拼搏的同等机会。

心智不同的时候，对于机会的理解是不一样的，因为机会从来都是客观存在的，可每一个人对于机会的不同理解会让他们发现或忽视机会。

成年人的落魄与体面，都极少公之于众。所有的分别、沮丧、落魄都可能是力争上游的机会，可对于另外一群人，也许就是沉沦的深渊或孤立无援的泥潭。

希望可以放下一些别人的期待，获得一些本该属于自己的快乐。

秋色

　　没有春季的生机勃勃与夏季的花开烂漫，秋季是肃杀，是厚积薄发，秋季连接着冰冷的冬季和酷热的夏季，是一年中最长的季节。

　　秋天的分界线不是飘落的树叶或者咬碎了的黄昏，而是在某一刻真切地意识到这一年已经过去了大半，接下来该是冲刺的阶段了。

　　每到秋天就会开始盘点，对每一个时间节点的理解不同，对于发展的理解自然也会不同。一年总共 12 个月，没有规划的 12 个月就是一个月过了 12 次，一天重复了 365 遍。

兼容一定是首先有了高度、深度、广度才有存在的意义。没有人否认稍纵即逝的快乐确实愉悦身心，可达不到振奋人心的程度。而那些只往下看的格局，完美地避开了向上的快乐。

对抗平庸，能够体现人类尊严的快乐，其持久性就长，抵抗生活冲击的能力越大。在没有足够的实力之前，浪费自然和生命所赋予的体力和智慧，选择岁月静好或许和慢性自杀没有什么区别。

当个人的能力不足的时候，命运就开始发挥强大的作用，让你误以为冥冥之中自有定数。

在没有为存亡做斗争的必要时，人们就可能为其渴望斗争。而一个人的渴望，等同于他的痛苦，渴望越大，痛苦越深。

我在江南撒欢

江南的水乡梨花春白，桂花浮玉，是揉碎在灰瓦白墙里的人间清欢。薄暮时分，园子里的光影逐渐弱了下来。跨入门槛不过两三秒时间，便重获安宁。竹深树密，幽鸟空啼，倚在水廊边仰头看霞云过天，变幻万端。

阿婆阿公们三三两两地拿着蒲扇竹椅聚在河边，舟楫往来，小莲庄的荷叶碧海连天，皎洁的月亮天上挂一轮，池塘里映一轮，我杯子里也有一轮。

酒后一时兴起，光脚踩在太阳晒了一整天的石板上，寂静的夜晚只听得到内心因为石板滚烫发出的尖叫，和河两岸高低错落的骑楼中传出的轻微鼾声。

夏末初秋空气微凉，拱形的长廊里大红灯笼随着风左右摇摆，河道里的水波随着月光荡了一圈又一圈，被风雨磨平了棱角的石柱子沉默不语，对它们来说，这是再平常不过的一个夜晚，可对我却是不可多得的放松时刻。

认知到自己可以看得到的世界的边界，可以避免自己盲目代入很多角色，如发迹之后的朝三暮四和权倾天下。

人的狭隘会使人拒绝相信自己世界以外的所有，不论是幸福存在的可能、人性的卑劣与宽恕、大海的波澜壮阔还是几亿光年外的生命。

清晨时分出门遛弯，院子里两棵120年树龄的广玉兰参天而立，我坐在空无一人的院子里，听秋季广玉兰的叶子一片片簌簌地掉落。

一阵风吹过，深棕色的椭圆形叶子掉落，撞击石板，发出生命坠落的轰鸣声。

西班牙式的狭长百叶窗早已变形，红白斑驳的百叶在地上投射出深深浅浅的影子，这里没有鸵鸟毛的舞扇，也没有光洁的彩色拼接地板，更没有留声机的余音绕梁。

这个院子倒是很适合喝茶看书。高高低低翘起的青石板像是在彰显着曾经的主人是多么有人缘，而不在意这是哪一年的光景。

头顶偶尔有飞机的轰鸣声，我在宅子里小心翼翼地踏出每一步，不愿惊醒任何人，只是仔细地观察镂空的雕花和太湖石形状的栏杆。

十月桂花季，风一吹，抖落一地的金黄，我挪不动步子。

初秋的穿堂风从背后袭来，阳光映下龙纹的影，芭蕉的叶子在和煦光线下懒散地摆动着。厅里有一个永远停在十一点零八分的西洋摆钟。外面安静得让人害怕，听不见鸟叫，听不见人声，小蜘蛛勤快地在门沿上吐着丝，砖雕门楼下的灰尘在逆光中看得见阳光的分界线。

这是刻进骨子里的一段静谧。

每年总会给自己找各种理由来这里坐几次。外面种着漫山遍野的茶树，我泡了寿眉等友人来叙旧，内心安宁。

土特产挪窝记

在这里兜兜转转算来也有八年时间了，我见到很多人来，也见到很多人走。这里有很多我眷恋的美好，一品茶、五色瓜、四季花。

回想我刚来这个地方的时候，尚未完全进入社会，当时觉得深圳新开的每一家有趣的餐厅都想去尝尝，想把每一个有意思的人都留在身边，那些五光十色光怪陆离的景色、深深浅浅的人心多少撞击过我。

八年过去，当我真切勇敢地把自己沉进去后，才知道自己没有能力去满足自己，也没有力量留住每一个想留住的人。牵挂、欲望、恐惧不断支配着我，直到我触底，并在底部跌跌撞撞地扎实前行。

生命并不会以我们希望的方式进行，宇宙存在了上百亿年，这决定了一切不会在我们出生时开始，也不会在我们死去时结束。自然以及自然规律已经存在了上百亿年，人类比人类自以为的渺小和微不足道得多。

这八年的前四年，总想着如何能够跳出尘世之外。四年之后，逐渐明白所有想要寻找的东西都来自自身，找不到内心的火源，根本就照不亮前行的道路。哪有什么独善其身，哪有什么安于岁月，哪有什么毫不费力？

这之后，一年比一年走得扎实，一年比一年清楚方向，知道自己长久的渴望。我知道我要去哪里。

初心的建立，若不是刻骨铭心，不足以支撑一个人度过暗夜，蹚过沼泽，并坚信自己可以。

八年后的今天我要挪窝，我眷恋这片土壤，但只是一个匆匆的旅人，愿这片土壤风调雨顺、富足安康。

新鱼塘

最近开始在新的鱼塘里蹚水，很久没有过这种试探的感觉了。多年前我懵懂地觉得遇见鱼塘要紧的是看看其宽度和深度，可如今我只想知道塘的温度。我在试探水，水也在试探我。

每个人都有权利去完成自己的人生，换言之，每个人都有义务、有原则满足自己，自由地发展。整合自己的欲望，优化自己的期待，并且与非自己掌控之外的一切握手言和。

从某种程度上来说，人最不加防范的，很可能就是自我。

自我并不是懦弱和平庸的挡箭牌，际遇和厚爱虽难得，可更难得的是面对的勇气以及同时秉持的平常心。

去掉自欺欺人的故步自封，也去掉欲盖弥彰的遮遮掩掩，这样才能尽可能少地在琐碎中消磨时光。人的心胸再宽广，塞满了迷茫不安和警戒，哪里有多余的空间去安放安宁、幸福和欢喜？

今日霜降，外面寒风凛凛，却有一些欢喜从心底蔓延上来，一点也不觉得萧瑟。这是我沉入鱼塘的第一周，总会有些改变，总还有些坚持，自勉。

此生有涯，好日常新

纵观周边那些特别"厉害"的人，除了肉眼可见的专业能力以及或多或少的运气外，他们多少是能够掌握发展规律的。

面对人人都避不开的低谷和哭不出来的走投无路，他们却可以沉下心来思考如何运用已有的资源成全彼此，包括但不限于四两拨千斤的善意、风度和脸面。

打开自己格局最明显的一个标志是，与之匹配的风度和扩大可承受损失的范围。

以梦为马，不负韶华

又是一年的 11 月，翻看自己去年 11 月的日历，已经开始准备新一年的计划以及各个节日的礼物了，今年的我还停留在一个转型的过程中。

不再专注于某一类事物，现实逼迫着自己睁开双眼去认识全新的世界。去年《素闲集》出来的时候，拿到书的那一刻，感觉自己被狠狠地撞了一下，突然就头脑透彻了很多。今年《暮欢集》的出版颇有一些坎坷，坚持自己要坚持的，也不知道是不是一场胜利。希望你们拿到书的时候，可以相比较于第一本散文，会更真切地感受到我和你们是一起在成长的。

今年拿到样书的那一刻，我并没有想象中的百感交集，也没有突如其来的欣喜，脑子里面飞快地思考着如何安排接下来的新书签售会，设计要以什么为模板，伴手礼选什么样式的你们会喜欢，在什么样的地点和时间点更合适。

直到有一个小姑娘问我，你的目的地想好了吗？我真心地希望走在前面的女性在往后的道路上，为同性尽一分自己的力。让更多的同性知道如何有尊严地坐上谈判的圆桌，有姿态地行使自己的权利；可以把花在不顾一切追求高质量感情上的精力，分一些去思考如何使得世界和自己都能够更好地发展。

不以自私、偏激、狭隘去安排自己的人生，不去计较小人的情谊、恶人的良心，也不任由自我狂妄任性，就能够达到面对花朵光影心中有欣喜，面对山川河流心底有敬畏的平和阶段。如果仅以死亡作为世间唯一一把衡量光阴的尺子，世间一切美好的存在又有什么意义？

坚决不做匮乏之人。

自由的地方，都有光

　　最近尤其贪恋暖阳，贪恋温暖，贪恋夏日的吉他和啤酒，喜欢开车朝着日落的方向看那颗"蛋黄"缓缓划入深不见底的黑暗里。冬日开始，空气不再如夏日般黏稠，风使劲地吹，我仰着脸朝着南。

　　停滞在一个地方感觉很久了，混沌着的这个时期不太能完全地表达自己，手作开始减少，坚持练字，珍惜自己敲下的每一个字。确认自己并没有荒废每一天之后，大致明白也许这是往前走的必经之路。

　　我经历过很多个不同地方的冬日，有温和的、有猛烈的，有横跨南北和海洋的，偶尔会想起来那个时候混沌着的我，对着异国他乡冬日街头的张灯结彩欣喜不已，对着皑皑白雪开心得手舞足蹈，对着冰冻千里零下二十摄氏度的西伯利亚狂风也不曾屈服。那种尖锐划开皮肤的撕心裂肺如今再碰到，也能够淡然地吞下去，说不清是一种麻木还是一种清醒。

不再蛮横地要求自己消化必须在多少天完成。我可以按照意识去调节我自己，不论我应该是我，或者我应该不是我，我可以只是我，我也可以不只是我。

曾经觉得那些无常最伤人，总是霸道得不给人选择、辩解以及准备的机会；可也恰恰是无常，总是带我看不一样的风景。那些最能够治愈我的，往往不是来自我期望之内的人和事物。

犹豫不决的时候，大好秋光可以抚慰人心；屈辱的时候，一场大雨就可以洗刷掉心上的尘土；疲惫的时候，路边夹缝里一株向阳的植物也能振奋人心。

平凡是努力过后一种心态上的坦然，不再惧怕突如其来的变数，而碌碌无为是随意对待之后的必然结果。

天南海北的人们啊，每一场颠沛流离都曾岁月安好，愿你们最后都有一阵清风，两碗淡茶，三分春色不暇，四野灯火人家。

选择战场

　　选择战场，是一件重要的事情。错误的战场不仅会让自己丢掉赢的机会，甚至会丧失性命。避免在错误的时间去替别人打仗，能够最大概率地保证在选择自己的战场后依旧能存活下来，我们都是在拼厮杀到下一场的机会。

　　在自己还没有能力做重大决定的时候，可以蹲着。因为分不清自己战场的人，打不赢仗。没有人只活一个阶段，也没有人能限定自己活的年岁，我们大部分人，是活一个整体。

　　发展，是一个不断调整探究"本"的过程。

一个人是不可能在无知或不成熟的状况下假装成熟的，但如果他真的成熟了，是没有办法退回不成熟的。成熟无法伪装，肤浅和无知在某种程度上也是无法伪装和欺骗的。

也就是说当你开始意识到自己是谁之后，你不可能再回到什么都不知道的自己。

岁末的时光

南方冬日的来临，如同紧闭的山谷猛然敞开，北风无休无止地刮进来，坠落的雨一会儿随着风往南去，一会儿无可奈何地被带回北方。临近年关总会惊觉一年过得飞快，不知道是我追着时间跑，还是时间拿着鞭子抽着我往前赶，就是没有停歇。

身边的人来来往往，我如同森林里的一棵树，看日月更迭，等春来长新芽，秋去扫落叶。

恨不得这一年让自己蜕了一层皮，还好在签售会的时候见到了很多素未谋面的你们。相较于往年跨年的激动，也许是跟着自己的节奏生活的时间久了，对于年份没有那么在意了，开始在意目标的完成、方向的对错、消耗的多少。

怯懦、自私、虚伪、隐忍是在不得不苟且的时候做出的艰难选择，不想选择苟且，就需要全面理解厮杀和出路。被怜悯的弱者，其最大的敌人是无法接受的自己。

每一年站在各种选择的十字路口，却必须要习惯没有红绿灯的事实，在没有倒计时的路口那些过往总会呼啸而过。

2021 年接近尾声了，还是要坚定些什么，让自己看得见黑暗中的光；还是要去掉些什么，让自己有期许的可能；还是要积累些什么，让自己有掌控的可能；还是要爱着些什么，让自己有给予的可能。

这是 2021 年最后一篇文章，我们 2022 年见。

岁岁年年

夜里一个人可以完成的事情有很多，静坐、试茶、尝酒可以，候月、听雨、望云也可以，内心听不见声音的时候不适合出门，在黑暗的地方才见得到光亮。

身处严冬而不自知，算不算一种福气。很多年前的一个严冬，我跑过夜里的湖边、冰冷的雪地，异国他乡的雪夜冰冷刺骨。当时的我不明白，令我悲伤的并不是最后没有结果，而是那个结果不是我想要的。

冬夜的湖面逐渐开始结冰，所有的生机都被渐渐封存，湖边巨大的水杉沉默着、沉默着，随风掉落一层又一层纤细的针叶，踩上去听不到任何声响，连同被践踏的痛苦也一并没了踪迹。年少的我觉得割裂就是要用行动来表示，决不让自己受伤就要切断所有过往，防御得久了，也就不觉得盔甲沉了。

后来，我来到了一个很温暖的城市，没有雪，没有冬天。三年又三年，窗外的叶子绿了又黄，寒来暑往，秋收冬藏，遇见轮回的时候好好说欢迎，好好说再见。

这些年没有换过很多地方，却像活了几辈子。大概是因为运气好，看清楚这个世界的时候我已经开始向着光生长了，暗夜不算长，冬天也不算冷，偶尔会想起那些我爱着的人们，或许早就有人为你们赴过汤、蹈过火，有人爱了你们一百年，还约了下一个一百年。哪怕早已山高路远、沧海桑田，所有人都已面目全非、不复再见，我仍固执地认为这是想念的一种方式，那些留下来的习惯会永远活在我身上。

今日之砒霜，昨日之蜜糖，一个阶段有一个阶段的欣喜，一个年岁有一个年岁的烦恼。没有人生而无畏，也没有人一生无忧。山川湖海，市井长巷，四方食事，足够我继续爱这破碎泥泞的人间。

期待来年，一路生花

这怕是人生中不可多得的一个春节前夕，忙碌、沉稳、不疾不徐。

每一天出门天都未全亮，每一天晚归都看得到星星，几乎停掉了所有的社交，但这个阶段我的脑子异常清醒，算是一件幸事。

人生中有很多时刻都很难忘，有一些是喜悦，有一些是悲伤，有一些是平静中莫名记得的细枝末节。过去一幕一幕地从脑子里闪过，突如其来的礼物，万籁俱静的星空，狼狈不堪的泪流满面，无能为力的歇斯底里以及一个人安静麻利地做很多事情。甚至偶尔会自嘲地想到《甄嬛传》里宁贵人的那一句："熹贵妃，你的好日子在后头呢。"

我不知道需要用多久的时间来讲现在的生活，也许是一年，也许是五年，也许是十年，但我知道我不会停留在此刻这个时间节点。每每想到这里就觉得很开心。

我们总想一本万利，但却不想承担任何风险，于是就只能停留在原地，一无所获。可历尽千辛万苦来到这个世界，就像一艘船，虽然停留在港口是最安全的，但船被创造出来并不是为了停留。

所有期望和现实中间的灰色地带，都可以被习惯填满。

你期望有人接送你上下班，可是没有，于是你习惯了坐地铁公交，也就不再觉得被接送有多美好；你期望晚班后有人给你留灯，可是没有，于是你的孤独也不再难熬。习惯中的平静消化了所有的不甘、愤怒、无助、嫉妒、需求。

习惯改变了需求，填平了欲望，可所有人无时无刻不在习惯着。

我此时在路边，安静地坐在熄火的车里，慢条斯理地吃完了一包坚果，真好吃。白山茶终没抵过红玫瑰，富士山没有留住欲落的樱花。

生活糟透了，可我真的很爱它。

黑暗之光

黑暗之中有光吗？

这是一段我无论如何都无法说好的时期，那些呵气成霜的日子渐渐过去，我抱着一壶暖好的酒，想听一听这一整年的回响。

今天午后洒进来的阳光那么亮，和煦的春风是徐徐吹来的温柔，杯子里的咖啡没有丝毫的变化，可镜子里的这个人看不到、闻不到、尝不到，究竟需要多强的痴念和执着，才可化枯木为满园的繁花？曾经的那个人，好像已经不见了。

现在镜子前站着的这个人，跟着自己从生到死、从黑暗到曙光，反反复复，起起落落。是过去的五年、十年、十五年已经努力蜕变了的结果吗？

能够引领自己向前的人，会运用原本属于自己的力量，让自己看得到力量的属性和强大，绝不是让自己相信需要依靠外力。我始终没有找到我要找的那个人，在找到那个人之前，我只好一次又一次地逼迫自己成为最接近那个人的人。

所有人只是在体验着如何得到自己想要的一切的过程。

这世间空空落落又满满当当，昏昏沉沉又明明白白，年少入市的时候，谁不曾一身傲气，棱角分明？那些孤身走过的暗巷、对峙过的绝望、蹚过的艰苦泥泞、因为纠缠而被撕下的脸皮，多会回归血肉模糊之后的陌生冰冷。

我当然知道人生苦，可务必，请务必一次又一次，奋不顾身地救自己于这世间水火之中。愿这新岁，一路生花。

日复一日

　　读书的时候在不同的国家经历过春节，那个时候的我离开了熟悉的土壤，开始不太在乎这个传统的节日，查清楚交通的时间、商场开门的时间，妥善地和家人商量好后补节日的方式即可。德国、奥地利、意大利、西班牙、法国、英国，他们并不在意过年的时候我在哪里、做什么。飞机上、火车上、高山之巅、冰雪之境、深海之中，我安稳地度过了三十二年。

　　时光迄今为止没有在我皮肤上留下过多的痕迹，感谢科学，感谢父母。

　　直到今年，真的挣扎着想要爬起来却被过往拖了后腿，开始深刻反省，春节的意义到底是什么？

中国人的传统观念里，春节不准哭泣，孩子调皮可以得到额外的赦免，可以许愿，但那些撕心裂肺为什么一定要强制性地留在除夕那一天？

不论你在过去的一年是否被现实的巴掌扇得血肉模糊，是否被逼着看了许多虚伪丑陋，每到春节，都以被祝福作为喜庆的开端，祝你事事顺心，祝你合家欢乐，祝你龙马精神，祝你天天开心，祝你步步高升。

祝福其实并无意义，如同祈福一般，重要的不是祈福时刻说出来的那些话，而是祝福你的人。是谁，曾经对你产生过什么样的影响，你们是在什么样的境况下相遇的？

只有一个人很简单地祝福我，心想事成。我在想，我究竟想要成什么？有什么真的可以支撑着我，哪怕被折断了所有的筋骨，也能咬牙在淤泥间发芽，向命运开出挑衅的花。

内心的空洞随着环境的变化不断扩张，到现在手工、文字好像已经不足以填满这些日夜了，于是我暂停了所有所谓的爱好，开始重建自己的内心。

直面自己的时候总是痛苦万分，被拖欠、被亏欠的日日夜夜，命运会以特别的方式重新送回到自己身边。不论你曾经用什么名义覆盖它，被拖欠的考试总是会固执地出现在下一场，没有任何一场考试可以逃避。

我相信每个人的内在，都具备承载智慧与慈悲的能力，那些愚钝、愤怒、嫉妒、自卑和贪念都可以成为转化的工具，我们有能力显现出内心本来的模样。

我通过你们，看见我自己。

愿你们年年岁岁常喜乐，岁岁年年皆安康。

人间事常新，愿岁友长今

人感知岁月的方式和时钟并不相同，时间对于生命的影响来自结果，而不仅仅是一种机械的流逝。

如何真正和这个世界产生连接，让这些存在感知并认可我们，非常重要。若是没有这个过程，不过是生命走了一个循环；若是没有任何事物触碰到了你的生命，一株高山上的茶花的生命体验感也不会比你少半分。

敏锐、强烈的注意力决定着你对于这个世界的认知有几分，"见世面"是否真的见到了这个世间的每一面，是一个关键问题。

宇宙之浩瀚，不以年岁来计算，也不以生命的数量来衡量，人类过于渺小，不被任何事物触碰的生命，注定困苦。我们的眼睛虽然没有办法看见所有的日月星辰、江河湖海，可是我们的身体一岁不差地在这个地球上累积，见证这片土地的所有喜怒哀乐、悲欢离合。

　　允许自己的认知超越现有的逻辑和框架，而不是只追求你喜欢的。你喜欢什么，其实并不重要。喜欢和不喜欢只是两种不同形式的束缚。你喜欢的、不喜欢的，吸引的、被吸引的，都会扭曲你对于这个世界的看法。不断地放大那些吸引你的点，意味着你没有办法看得清楚事物本来的样子。

　　如果没有办法看清事物本来的样子，你就无法以其应有的方式去面对这个世界。一朵花的绽放，可以让你忽略它所生长的土壤。

　　自我是累积了过多的想法、情感、偏见的容器，很少有人可以清楚地认识自我的大小。自我占地越少，感知到的存在就会多；太多的自我充斥着自身的时候，就不会有任何比你大的东西发生在你身上。选择不去承载，也未必是一件愚蠢的事情。

只是想活得好，本就不需要懂太多的知识，按照人体舒适的节奏，就可以安稳地度过这一生。好好工作，一日三餐，早起早睡，照顾好自己的身体不受到伤害即可。人们渴望的滔天财富、倾世权力、痴缠恋情，一定要握在手里的东西很有可能最后会变成他们怎么也甩不掉的诅咒。

过程不重要，目的不重要，但是状态很重要。并不是每一件事都需要对着你的耳朵尖叫，你才听得到。其实如何选择没有对错之分，只要不在选择中创造出痛苦，工作的好坏、工资的高低、结婚或者独身，都是可以自我平静处理的事情。

大部分人都想去追求真谛、大彻大悟、远遁尘世，可连如何不在选择中创造痛苦，如何喜悦安宁地做选择都做不到，超越某一种生命状态，就是妄言。

如此完整

冬去春来，终是迎来了和煦的春风和温暖的太阳。这一场冬太漫长，我非常想念满眼的翠绿和夏日泥土的芬芳，眷恋着山谷里呼啸着的风和翻涌而来连绵不绝的海。

去年的今日我还在朋友圈里念着"春江潮水连海平，海上明月共潮生"，今年我不敢回头地奔跑在自己选择的赛道上，看着身边的人来来往往。他们可以停留，可以离开，可以用他们的方式强迫、压制、限制我，但不可能削减我内心对于这个世界的热爱。

一个人的富裕，和财富有关，但并不完全相关。真正的富裕，是指自己有可以改变人生轨迹的自由。不必被任何必须的事情所捆绑，这需要极强的内在驱动力和执行力。

生命中的喜悦不取决于有或者没有什么，丰盈只来自我们自己。他在也好，不在也好，身边空旷也好，拥挤也好，下雨也好，寒冷也好，丰盈和喜悦不会增减分毫。只有自我存在的方式不再取决于外在的任何事物，我们血液中自带的喜悦才会冲抵掉岁月长河中所有的孤独。

所有的渴望都有阶段性，15岁的渴望很可能在40岁时看起来是一个笑话。可悲的是，有一些人永远被困在了15岁，只有那个年岁的他可以完整地做自己，不需要承担任何责任，永远没有成长。

世界上大部分的物种，对于生死有与生俱来的强烈认知，就如同两条高压线清晰地横在头顶。羚羊也好，野兔也好，遇见天敌是死，遇见洪水大旱也是死，遇见灌木是生，甘露降临也是生。

人类也有这两条线，但大部分人并无知觉。我们在潜意识里，在每一段亲密关系里，在工作中，以任何民族、国家、信仰的名义去寻找人生的目的和意义，不过是在人为地给自己划一条看不见的高压线。

自由需要极大的勇气、极大的力量，真正的自由，一定伴随着或多或少的损伤和风险。

　　晚上，我摊开双手，掌心的纹路在微黄的灯光下沟壑分明，这是这一年岁月赏赐给我的空空如也又满满当当的一捧光明。

存在

午后的春光总是稍纵即逝，抓不住也留不住。周末翻出春季的衣服，看着镜子里的那个人，总是想问个究竟，这些年到底是怎么过来的，八九年前的衣服完好，我也完好。

而原本身体由食物累积而成，头脑中的内容也由周围环境的累积而成，这两种累积都属于我们，但我们并不能落脚于二者中的任何一堆。食物来自外部，环境来自外部，就连身体本身，也来自外部。

准确地来说，人是由时间累积起来的，这个累积属于自己。

不同的环境在时间的累积下汇总成不同阶段的我们，在外界的积累中所创造出来的情感、需求、执念、精神、经历、智慧填补了内在，这是人生一切喜悦和痛苦的源头。

人类血脉中流淌着千百年来对于这个世界丰富的情感，但情感的产生极大程度上伴随着排他性。不论喜爱或憎恨，都包含着一定的排他性。

遇到一棵树、一场雨、一个人的时候，我们没有必要时时刻刻做判断。

这种辨别力的重要性并不体现在我们今天穿什么颜色的衣服，是否可以辨别出对方的善意或者敌意，是否一定要去这一场旅行，这些都没有决定性的影响，我们不需要对碰到的所有事物都做出判断。

辨别力只在选择中尤为重要，对于存在而言则没有意义。

而存在，与上述的所有都没有关系。面对一个安静下来的人，整个世界仅仅是自然而然地被纳入他所是的一切中来。

把自己的想法仅仅控制在脑海中，是一件非常艰难的事情。

扛着对其他人的期望，我们很难去往远方。

修别人容易，修自己难。

没有任何事情是此时此刻一定要在生命中发生的。

春雨

　　一整个冬天过去了，春天带着独有的湿润泥土气息席卷而来，雨水、惊蛰、春分，我能够想象得到现在远方田野万物勃发的模样，每一棵草都奋力地要从泥土中冲出来，每一朵花都竭力地要去绽放。

　　那年出差去杭州，隔壁处室的小女生与我同住，南浔、千灯、乌镇，两个女生傻傻地照了一张合照。有时候创造美好不见得是为了给世间留下一些灿烂，只为了能够在艰难的时期提供和自己相关的信念支撑。

　　最近停更了一段时间，一个月内连续搬了两次家，之后过了一个清冷的年，那一个多月嘴巴里几乎尝不到任何的味道。我不停地给自己找理由，试图可以用更长的时间来消化这些坎坷，可时间不允许。

等我稍微恢复了一些精神的时候，蓦然发现已经被生活的暗涌推到了很远很远的地方。

情绪骤然地消失，塞翁失马，焉知非福。放弃利益得失，确实需要非常清晰的头脑，策略这个词其实只和自己有关系，一个人的目的和行为无须对等。

权衡利弊，是两个意思。首先要能够筛选得了利弊，才轮得到权衡二字。

历史碾压着我们往前走，然后我们终将变成历史。无数次做梦回到学校，跑过陌生的街头，吃干巴巴的面包和滚烫的肉酱，窗外湖水倒映的春光刺得我睁不开眼睛，分不清现实的边界。

春日的雨水不由分说地落在衣角，湿了一片。我一回头，在车水马龙的街头看见了二十岁的自己，我已经很久没有见过她，我很想念她。

立夏

夜晚的深圳总会有那么一两个小时的空当，吃饭的空当、堵车的空当、加班之前回血的空当，越是琐碎的时间，越是容易被放弃。大部分人觉得任其流淌，随风汇入路边的嘈杂声中，随光淹没在夕阳西下的黑暗里，是放松的一种方式。

路过漆黑的高架桥、微黄的路灯、暗夜里花团锦簇的高矮不一的绿植，等红绿灯突然开始闪烁的时候，感觉世界突然就明亮了起来，特别鲜艳。红色、绿色从很远的地方直逼眼眶，没有什么准备就直直地照了进来，眼睛有点酸。

外在的环境是否能够影响自己，很大程度上取决于自己能不能在不想被影响的时候抵挡得住潮流。接纳、甄别、舍弃、专注，是很重要的事情。

专注的背面是舍弃，很多时候为了一个选择是需要付出很多代价的。

刚需和刚需之上的个人喜好，是完全不同的两个东西，因为在刚需满足之后整个人的喜好也许会发生翻天覆地的变化。

高调和做自己，有本质的区别。什么是高调？高调是一种目的，还是一种手段？有能力保护自己、将高调作为一种手段的人，不会永远停留在高调里。那不是目的地。

这个世界上没有一个地方是目的地，每一个曾经停留的地方都是需要告别和再出发的地方，也许是通过这种方式，也许是通过那种方式。

最近在写一些古籍故事，可以通过文字和千年之前的人交流，哪怕晦涩一些，哪怕有一些情节上的跳脱，哪怕和当下的主流观点有一些出入。只要你啃下来了，就很想抱抱那些枯骨，那些智慧的心。这也是我一直在写的初衷，眼睛到不了的地方，文字可以。

更好

没有不放弃就存在的更好选项，这不存在于任何人的人生中。当一个人不愿意放弃任何一个选项的时候，等于没有选择。

认识女性的优势，发挥女性的优势，才能够用发展的眼光看未来。

我不害怕自己是一个女性，不惧怕参与男性"浓度"过高的饭局，不抵触工作环境的男女比例，并且有自信参与共同的社会工作。

在女性发展的过程当中，什么才叫作更好？才能够难忘？

过程更好，不是经历的时间足够长，不是经历的人事数量更多，也不是踩过的坑越多，更不是有一个美好享受的经历；而是那个被创造出来的更好的机会。

让过程难忘的，不是那种艰辛，也不是那种难以启齿，而是你用怎样的方式创造了自己的未来，你站在未来成功的角度往回看，那个过程才难忘。

在自我世界中，那些没有生命力的生活用品，如牙刷、毛巾、床垫，没有人会赋予它们任何的憎恶、妒忌、仇恨，就如同没有人会与不小心划伤自己的铅笔世代为敌。甚至如果海啸地震曾经夺走过你心爱的人，这件事情带来的不是仇恨，而是深不见底的恐惧。

而自我世界之外，受到的伤害会不由自主地让你想控制对方按照自己的意志行事。一旦现实与之背道而驰，哀怨、憎恶、仇恨随之而来。

我在火车上看远处炊烟袅袅，看山顶逐渐没入云端，看飞鸟轻巧地落在林间，看雨滴汇成细流，脑子里都是这些无关风花雪月的东西，煞风景了。

见路非路

　　远方的云大片大片，界限分明，白色涂了上半部，灰色便乖巧地顺着下划线绕到下方衬托，白云偶尔觉得疲倦了，灰色的云朵也会迅速用风的力量补上，这一切对它们来说是稀松平常又毫不费力的事情。

　　夏季总是有很多的惊喜，哗啦啦地下一场雨，然后露出太阳的半边脸，用地上的小水洼提醒路人天空倏尔飞过的一只鸟。阴雨的时间久了，顺着老砖的缝隙郁郁葱葱地长出线条规整的青苔，远远看去，就如同是微型世界里笔直的康庄大道，蚂蚁和瓢虫怡然自得地走在隆起的青苔下，丝毫不在意十米开外驶过的是什么车，走过的是什么人。

人很容易在自然中通过看天看地看大海明白自己的渺小，看到自然的强大，去赞叹终年的积雪以及巍峨的高山，去赞叹澎湃的巨浪和无疆的海洋，去赞叹深邃的星系和暗夜里闪烁的光芒。可它们从来不是因为我们看到才存在，而是本来就在那里。

　　理性的人没办法对真实存在的风险置之不理，缺乏安全感，这只是一种对待人生的态度，不是一个问题，也不是一种错误，人生而不同。

　　包容并不需要你去做任何事情，包容就是存在的本质，你只需要意识到它，仅此而已。

睫毛弯弯

困境所带来的，除了挫败、无助、愤怒和迷茫，还有可以看清自己渴望的本质的机会。

只有当你什么都不想要的时候，这个世界才是慈眉善目、春风和煦的。一旦你滋生出了欲望，想要去获得一些什么，或早或晚一定会遇到潜伏在前方的獠牙。

自然界对于人类其实没有多大兴趣，从来不会因为人类害怕淋雨而晚两分钟下雨，也不会因为人类畏惧炎热而不出太阳。妄想改变世界的人意识不到这一点，世界对他们没有多大兴趣，也不曾真的对他们做过什么。

我不是要一百年后被人缅怀，前路漫漫，我要开花。

骤雨初歇

又是一个刚下完雨的夏日夜晚，我要写夜，就不能只写夜。要写明灭、星野，写世人看不出的沧桑与妥协，写雨夜梨花打湿青阶，写别枝惊鹊，写关山难越，写一盏酒的惆怅与凄切。

到了落叶满地的秋天，我要写风，就不能只写风。要写湖面波澜不惊的诡谲，写月被遮挡的圆缺，写林深鹿动疏影横斜，写巴山之夜梧桐耳语。

到了冬天我要写雪，就不能只写雪。要写凛冽，写皎洁，写天下万物的苍茫与北风卷地的寒冬腊月，写原驰蜡像，写山舞银蛇，写桥下冰初结，写陌上行人绝。

直至来年春日，我要写云，就不能只写云。要写飘渺，写缱绻，写自然，写"云想衣裳花想容，春风拂栏露华浓"，写来年的憧憬和遇见。

我们究竟要到哪里去，到底需要什么才能满足自己，怎样才能够勇敢地继续往前走？一路上不断有人加入，不断有人离开。

每一次暴风雨过后想要逆风翻盘的迫切，是很危险的。迫切地想要让曾经瞧不起你的人，另眼相看；让错过你的人，大惊失色，甚至后悔莫及；让以前遥不可及的人，站在你的身边，认可甚至崇拜你。

想要赢、想要证明自己的心理占据了最高点，就会盲目地只看自己想看的，只听自己想听的。

夏长

这一段时间过得很魔幻，每一天下班的时候外面灯火通明、热闹非凡，走出楼的一刹那冷热空气交换，嘈杂的音乐、汽车的轰鸣、招揽食客的吆喝声如同海浪一般沿着路面一浪又一浪地漾过来，感觉自己生活在《千与千寻》中的船屋里，湿热的空气、暗红的招牌和掉了绿漆的街道预示着一个繁华夜晚的开始。

工作环境的纯粹让我可以暂时逃避一些无用的社交，并非因为我觉得工作是生命中的头等大事，而是工作时我可以实现一部分的自我成长。

你们无须问我人生应该如何选，这个世界上的规律可以被总结和归纳是因为它们正在被运行着，并产生了或好或坏的结果。人生没有参考的时候，如同在漆黑的大海里漫无目地航行，但醒了的人只能走自己专属的道路。

我不敢说我醒着，但至少我没有睡着；我也不确定自己是否可以抵达想要的远方，可我确认我自己——在别人认可之前认可我自己，在别人信任之前信任我自己。

自我的安全感应该来自于自我的高度认同——你确定你很好，你确定哪怕是失败了也可以东山再起。

我尊重一切以自我为中心的意志转移，不论醒或者不醒，不必声张，无须喧哗。

终章

寒春的黄昏时分，窗前的马醉木已经开始长新叶，一丛丛墨绿中间夹杂着一簇簇嫩芽，看上去甚是生机勃勃，所有根系植物向阳的空间越大，其根系越是伸向不见底的黑暗。

玻璃上满满的一层雾气，看不清远方的高楼，竹编的帘子恰到好处地调和了屋子里微黄的光线，任外面狂风暴雨，滴水成冰。

写作的本质，是和自己谈一场恋爱，我写给我自己。如果你们从中有所得，那是额外的。

最近翻看旅游的老照片，我曾安静地路过那些神圣的地方。

建筑上神明的住所无一例外金碧辉煌、五光十色，万神殿上空穹顶庄严，梵蒂冈圣彼得堡教堂窗户上画满了神话，铁血斯巴达千年之后罗马依旧屹立着。

对于我们活着的人，生，生生不息，生生不已，比什么都重要。带来希望的，从来都不是日落西山的黄昏，不是无尽的暗夜，而是破晓的黎明和朝霞满天的清晨。

每一种生命都自带可能性，在可能性和现实之间，确实存在距离，有的是天堑，有的是溪流。有人可以鼓起勇气和毅力走完这一程，有些人则没有勇气走那么远。被现实击溃的人，大多选择逃走。

人是可以在自我意识里面重生的，每一个从深渊爬上来的人，都不止换了一层皮。

妄念的巨浪在过往的细节里面翻涌，未知带来无穷的恐惧，人总有无数方式让自己痛苦。

你尽可以犬儒，可以躺平，可以事不关己，但至少心里应该有所觉察：不需要和这个世界短兵相接，不需要和这个世界上的鲜血淋淋面面相觑，不是因为聪明和高明，可能仅仅是因为运气好，理论上我们任何人都可能在任何时候收到一记闷棍。

足够勇敢的人，扛着所有的可能性往前冲。

我曾以为，智慧需要一定的缘分，需要数十年的积累，需要高度的天赋，但逐渐发现保持自身的可能性，只和看待这个世界的角度有关。